九〇歳おじいちゃんの回想詩

はじめに

インド独立と日本の戦意高揚を目的にした作戦だったが、無謀な軍行となった。

インドの指導者チャンドラ・ボース率《ひき》いるインド国民軍も日本軍と共に参戦した。

昭和十九年（一九四四年）三月八日、作戦行動開始。

三月八日未明、弓第三十三師団山本支隊（第三十三歩兵旅団長山本少将指揮する軍主力）はパレルに向って一斉に行動を開始した。

烈師団（第三十一師団）はウクルルを占領したが、雨季に入り食糧・弾薬の輸送が困難となり、師団の全滅がまぬがれない状況となった。

インパール作戦五ケ月の戦闘で死者四万六千余名。

インパール作戦の詩は九十才のおじいちゃんの若き日の体験です。

この詩集が多くの人に読まれる事に依って日本国家の為に犠牲になられた英霊の御供養になる様祈ります。

はじめに

戦争を知らない日本の青年の皆さん、戦争のない平和な日本の建国に努力して下さい。
おじいちゃん餞けの言葉です。

頑張《がんば》れ日本の若人よ。

二〇一一年五月十七日

おじいちゃんより
愛する若人達へ

90才おじいちゃんの回想詩

目次

目　次

一 インパール作戦

インパール作戦とは

十九世紀以降、西欧列強はアジアにおける植民地政策を続けてきた。ビルマも例外ではなく、イギリスにより植民地支配されており、長く略奪貿易の対象であった。

日本は太平洋戦争開戦後まもなく、援蒋ルート（イギリスなどからの中国への軍事援助輸送路）を遮断することなどを目的に、ビルマに進攻し全土を制覇した。これにより連合国軍はいったん撤退したものの、植民地を手放せないと考えたイギリスは本格反攻に転じた。

このような背景の中、無謀な作戦の代名詞となるインパール作戦は実行された。

ビルマ第十五軍司令官牟田口中将は、広大なビルマ防衛は守勢では連合軍の反攻を阻止出来ないので、攻勢を以って連合軍反攻の策源地インパールを攻略し印度独立に寄与し、日本の戦意高揚を計ろうとした作戦だった。

作戦構想はビルマ方面軍、南方軍、大本営での検討結果、補給、軍装備の危惧もあった

1．インパール作戦

が、昭和十九年一月七日大本営はインパール作戦を認可した。

十九年三月八日弓師団主力はカレミヨウ、ヤザギヨウ、フホートワイト、トンザン、テーデムに向って進撃した。

その一部山本支隊（第三三歩兵旅団歩二一三聯隊）は、ユー河よりタムーパレルに向って進撃した。

烈、祭師団もアラカン峻険を越え突進した。

南方からさ進撃した弓主力は三月十五日〜十八日、トンザン、シンゲル攻略、トルボンに進出した。

三月二十一日、烈師団ウクルル占領。

四月五日、烈師団コヒマ占領。

インドアッサム地方雨季入り、河川氾濫、烈師団、祭師団補給途絶した。

烈師団長（佐藤幸徳中将）は師団の全滅を避ける為、補給を受けられる地点まで後退の意を報告をなし、宅崎支隊を残置し独断退却した。

インパール進攻作戦失敗し、七月二日南方軍より作戦中止命令、ビルマ方面軍七月五日インパール作戦中止命令を受け作戦を中止、転進命令を七月二十四日前戦で聞きビルマに向って転進。

七月二十四日から食糧、病魔、転進の悲劇が始った。

印緬の戦雲暗く雨の日々

雨季に入り輸送は途絶、病兵増加、戦力低下、戦況危し。

友軍機何処飛んだか機影無し

何処へ飛んだかではなく飛行機はなかったと聞いた。

敵さんのパンとコーヒ眼に映る

敵の陣地からのアナウンス。パンとコーヒーを用意してあるので早く来て下さい。
毎日スピーカで呼んでいた。

日本兵八百名が捕虜となる

日本軍陣地から投降兵八〇〇名。インパール手前収容所一棟二〇〇名収容五棟があった。

五ケ月の戦闘死者四万六阡

インパール作戦失敗、死者四万六千余名。

雨の中白骨街道死臭馳れ

雨の中白骨街道は死臭がただよっていた。

ジャングルを裸で歩く発狂兵

脳症を起し愛国行進曲を歌いながら行ったり来たりして、体に蚊がいっぱいついていた。

渡河点敵機来襲多くなり

敗走日本兵を追撃、病兵多く犠牲多数。

部落には人もいないし何もない

戦場に近い部落には何もなかった。

二

白骨街道

白骨街道とは

テグノパール（印度）―パレル（印度）―チヤモール（印度）―モーレ（印緬国境）―モーライク（ビルマ）―カレワ（ビルマ）―ムータイク（あけぼの村）ビルマ―約百数十粁の道路上に放置された日本兵の死体が白骨化して道路上に連なる様に続いていた。

誰が名付けたかさだかではないが、鬼籍に入られた戦友に申訳ない名前である。

敗戦国日本の汚名でもある。

鬼籍に入られた日本兵皆様の御冥福を祈上げます。

病兵の死体が続く山の道

マラリア、アメーバ赤痢、脚気、脳症、餓死の死体が続いていた。

雨季来る死体重なるシッタン道

印緬国境からビルマに通じる一本道だが、渡河点がある。

松葉杖倒れし戦友の置みやげ

松葉杖でシッタン川迄来たが、力尽きてシッタン渡河点で倒れた。

戦線は七〇〇〇粍《ミリ》の降雨量

雨季六ケ月間の降雨量。道路、橋は流され輸送出来ず食糧無し。兵器弾薬無。草の葉食べて戦争を続行。死者は飢えていった。

豪雨来て大木倒れ流れ行く

直径七〇センチの大木が根こそぎ倒れチンドイン河を流れて行った。

チンドイン死体流れてインド洋

ビルマの大河チンドイン、日本兵の死体、インド洋へ運んでいた。

突撃で全員戦死ウイドック

中井大尉突撃敢行、敵の自動小銃で全員戦死。明治三十八年の鉄砲、自動小銃には勝てなかった。

連れて行けとせがむ戦友は歩けない

頼む俺を連れて行ってくれ、頼んでいるが歩けないのでどうすることも出来ない。

アメーバの戦友は鬼籍を待つばかり

アメーバは腸がくさる病気。血便のたれ流しで死んで行く。可愛想だが、どうにもならない。自分も衰弱しているので。

今日も又歩けぬ戦友《とも》は涙ぐむ

歩きたい、一緒に行きたいと言っている。歩けない、可愛想。

チンドイン渡れず死んだ兵の山

川巾一五〇米、ようやく渡河点迄たどり着いたのに、マラリア、アメーバ赤痢で倒れて行った。その死体にイギリス軍の戦闘機は機銃掃射を浴びせて行った。

母ちゃんと何度も呼んで死んで行く

ジャングルの高台、見晴らしのよい場所で母ちゃん母ちゃんと呼んで居たが、倒れてしまった。細い声で万歳天皇陛下万歳だった。

丸裸走りまくる発狂兵

余りの戦闘の激しさが理由なのかは解らないが発狂。言ってることもよく解らない。全裸で雨の中を駈けていた、可愛想。誰も面倒見られない。

雨の中全裸で挨拶発狂兵

雨の中全裸で山道泥の道に座り「日本の兵隊さん御苦労さんです。日本の兵隊さん御苦労さんです」とくり返していた。誰も手を貸す人はない。

烈兵団食糧なくて総くずれ

佐藤幸徳、牟田口廉也両中将、食糧問題で佐藤中将兵隊を見殺しに出来ないと戦線放棄。兵隊を助けた。

食もなくうごめく戦士鬼籍待つ

食物も無く唯横になりうごめくだけ。

戦況の行方解らず一人旅

烈兵団の転進兵戦況も知らず解らず歩いていた。

ほの暗きジャングル深し戦友《とも》の墓《はか》

墓を作ってくれたのはよいが、真暗で誰にも解らない暗い所にあった。

母さんと三度も呼んで声は無し

母さんと三度呼んでこと切れた。

印緬のジャングル深し戦友《とも》は還《かえ》らじ

こんな奥深いジャングルではとても帰れない。暗くて道もない。

頭撃て戦友に頼んで死の旅路

殺してくれ、もう歩けない。戦友に頼んで殺して貰った。

今日もまた母の夢見た露営かな

露営した友軍陣地、母が来た。

食もなくジャングル野菜に舌づつみ

今日は珍しい葉を見つけたが、食べられなかった。舌がじんじん痛かった。

敵さんの食糧は皆ＵＳＡ

ＵＳＡ食糧、衣服、兵器、飛行機、全部ＵＳＡ。

捕虜になり逃げては来たが鬼籍入り

全身ＤＤＴ真白。歩兵部隊の一等兵チーク枕に死んでいた。

愛国心燃えて儚い野辺の花

愛国心、皇国、天皇陛下、何だか解らないが多い。

今日もまた草の葉食べて熱を出す

草の葉食べたら熱が出て腹痛があった。

指揮官が一番先に撤退す

指揮官何故か早く転進です。逃げて行きます。

飯盒の飯運搬が戦闘か

最前線、飯が炊けないので、後方で炊いて持って行く。

雨期到来戦勝危うし日本軍

雨期も恐いが、飯や兵器がなくては戦争にならない。幹部司令官には解らないのかねー。

戦線のジャングル深しけものの道

チークの木は三十米位真暗、恐ろしいジャングル。

食なくて敵の炊事場盗み行く

食物がないので敵の炊事場へ行ったが何もなかった。

寺小屋に銃撃激し子等は死ぬ

寺小屋の坊さんと子供五人死亡。

木を倒しこちら通れで地雷踏む

敵の作戦。日本軍それに乗り戦死五人、負傷八人だった。

手榴弾ピアノ線吊しで破《は》裂《れつ》せり

丸いものがあるなと思ったら手榴弾、一人死亡。

豪雨連日敵砲弾雨あられ

豪雨の中の砲撃、日本軍壕に入りきり三十五分間。

五十門砲撃で日本軍沈黙

砲列五十門、砲弾二〇〇〇発、山を崩す。

インパール占領夢見た士官の死

紅顔若々しい優秀な士官だった。一発の弾丸で頭を撃たれた。二十才陸軍少尉。

友軍の地に降り立つ敵機三機あり

敵機誤って日本軍占領地に着陸。一人死、二人逃亡。

豪雨降り戦線暗く戦気無し

豪雨で両軍共静かでうす暗く、雨はふり続く。

此の奥に糧秣ありと札立てり

我が部隊の小さな倉庫には食糧があった。転進する兵に知らせた。

残飯を下さいと云ふ士官あり

烈兵団の士官が残飯でいいからくれませんか、一週間も食べていないと言う。

連れて行けとせがむ兵の声細し

頼む頼むからよー連れていってくれよ。細い声で言われたが出来なかった。申し訳ありませんでした。

今日もまた逝く戦友送る野辺の花

小さな紫色の花のそばで戦友は死んでいた。

母ちゃんと一言呼んで戦友は逝く

母ちゃんが懐かしい、会いたい。思わず母ちゃんを呼ぶ。

濁流に流れる兵の声悲し

体力もなし泳ぐ事も出来ない病兵は沈んでは浮くを繰り返していた。

ウイドツク自動小銃で全滅す

昭和の鉄砲と明治の鉄砲、昭和自動小銃の勝。日本は明治三十八年の鉄砲。

転進中斃れし兵の始末無し

誰も手を貸す人はいない。自分も死にそうな体調で力を貸せない。

歩行困難自爆の外に道は無し

歩行困難では戦友に迷惑掛けると言って自爆します。

自爆前宮城礼拝する兵もある

自爆前天皇陛下万歳、宮城礼拝する人もいた。

ジャングルで自爆の前に母を呼ぶ

お母ちゃん、泣き声悲しい。助けてあげたいが何もできなかった。

自爆兵天皇万歳声悲し

天皇陛下万歳、今もあの声を思い出す。

鬼籍前万歳三唱声細し

大抵の人は声が出なかった。可愛想で聞いてはいられなかった。

天皇に万歳三唱兵の義務

死ぬ時は万歳三唱をやれと言われた。近衛師団の出身者だからかな。

ジャングルに雨音激し食も無し

雨の中食料のジャングル葉は司令部から貰ったガリ版印刷の紙を見て葉をさがして食べる。

特攻の二十二才の戦友《とも》は還らじ

夜間特攻の初年兵五名は帰らなかった。

戦場に今日も降らすか入道雲

入道雲で暗くなった友軍陣地に雨は降るか。

指揮官の能力次第殺すも死ぬも

戦闘指揮が下手な応用動作作戦を使わない知らない指揮官は兵隊を殺す。

日本兵敵の給与に舌づつみ

アメリカのダグラス輸送機が、日本軍陣地に糧秣を落してしまったので、ＵＳＡ給与をいただいた。ＵＳＡレーション（軍用一日分の食料）はおいしかった。

うめき声響くジャングル戦友は逝《ゆ》く

そこここでたくさんうめき声。その中に同年兵の戦友も居た。

戦友に迷惑掛けぬと自爆行

江東区役所に居た松崎上等兵シッタン街道二十哩道標堀下で自爆。「みんなに迷惑かけられない」と一言言い残して。

ありがとう残せし恋人《ひと》に礼を言ふ

もうだめだ、恋人に一言ありがとう御免ね。

物量に負けた大和魂影もなし

アメリカの物量には勝てなかったね、大和魂だけでは勝てない。

病兵は収容できぬと断られ

野戦病院は患者がいっぱいで入れない。無情病兵其所死んで行った。

空注射うつ衛生兵は殺人鬼

敵が来るからと言って病兵を殺していた。

病兵の手当出来ぬ収容所

衛生兵足りない薬がない。手当が出来ず死んで行った兵隊が多くいた。

病死者は山積されて野辺へ行く

トラックに山積された死体、村外れの空地共同埋葬。

病死者の合同埋葬村外れ

一日数回合同埋葬、葬式はない。

七十年過ぎても想ふインパール

七十年過ぎても忘れられない人生の出来事。忘れられない。

ジャングルで倒れし戦友は幾星霜

これからの私の人生で再会出来ない、これも運命か。

インパール戦《たたかい》破れ戦友は還《かえ》らじ

百二十七名の戦友（同年兵百十六名）は日本の土を踏めなかった。

マラリアの薬無くなり死者の山

キニーネ（ドイツ製マラリア治療薬）がなくなり、どんどん死んでいった。

病兵を担ぎながらの転進行

元気な兵隊が居る時病兵をかついで転進した。だんだん自分の体力がなくなり、できなかった。

戦友逝きて次は俺かと仰ぐ空

戦友が死んだ淋しさ。戦場の静けさが不気味な感じ。

飯もなく草葉を食べる日本兵

司令部からガリ版刷りの葉の絵を見つけて煮て食べる。

砲撃の合間をくぐり食探し

敵の砲撃三十分休憩の間ジャングル葉を探す。

激戦でホールドアップ戦友は行く

戦友は手を上げて敵陣へ行く。終戦後再会した。

敵陣へ夜襲攻撃戦友は帰らじ

夜襲不成功、全員帰らず。

竹燃し飯盒炊飯煙出ず

枯れた竹は煙が出ない。

物量を楯に頑張る印度兵

USA給与何であります。日本は何もありません。その差が大きい。

一日の砲撃二〇〇〇発山は崩れる

五十門の敵の大砲一日二〇〇〇発砲撃、日本は重砲三発か五発。

戦闘が終って偲ぶ村祭

何も考えない、村祭を想い出す。

自爆した戦友の姿の痛ましさ

手榴弾を腹に押しつけ自爆。

転進の味噌汁の味忘られん

貨物廠の兵隊が転進して来る。兵にサービス、味噌汁一杯。私には二杯くれた。うれしかった。

鬼籍した戦友の遺体を水葬す

ビルマ人が近所に埋葬させないので困って水葬にした。申し訳ありません。

集結地マンダレーに兵は帰らじ

三百八十五名の兵はマンダレーには来なかった。七十八名到着。

飛行機も大砲もない日本軍

貧乏と金持の戦争だったと誰かが言った。

食料も衣類も持たぬ日本兵

貧乏国の日本兵隊さん、何も持っていない。恥ずかしいね。

母ちゃんを呼びつゝ逝った苦《くる》し顔

苦し顔で死んだ戦友、お母さん愛情が深かったのでしょう。

ウイドック雨音高く雲低し

新任中隊長ビルマ到着、間もなく戦死。二等兵上りの中隊長。中隊長中井大尉戦死。

激戦場弾丸は前から後から

混戦状態、寺岡少尉後から撃たれた。

一発に残した手榴弾《たま》は自害用

手榴弾一発は必ず残して置く事。

マラリアは万病の素死の病

マラリアになると体力の無い時はいろいろな病が出る。

デング熱万人罹る風土病

デング熱は風土病の一つ、誰でも一回はなる。

外気温五十度になり汗も無し

三月始頃から暑くなる。酷暑が続く。平野部は四十八度～五十度。

虱《しらみ》わく五ケ月も垢だらけ

戦闘中は皆虱を飼っている。五ケ月虱体験。かゆい。

草食べて戦争している日本兵

司令部からガリ版刷（Ｂ４位）の葉の絵を貰った。その絵の葉を見つけて食えとの達がありました。その絵を見て葉探せとのこと。

コーヒとトーストあると敵の声

敵の陣地のスピーカからの御案内です。白旗を揚げてこちらに来て下さい。

最前線敵機ばかりのオンパレード

日本軍飛行機無し。

素っ肌雨の中の発狂兵

また此所白骨街道二十二哩道標、全裸此の人唯頭を下げつぶやいてる。

激戦と食料難で逃亡兵

逃亡したが部隊には戻らなかった歩兵部隊の兵隊（兵長）。

雨の中敵輸送機の給与あり

ＵＳＡダグラス輸送機から間違ったプレゼント。

敵機飛ぶ三十分間は砲撃なし

敵の砲撃時間制、十五分射撃三十分休憩時間制。

三

遺骨収集

遺骨収集（昭和五十年一月二十六日―二月四日）

私は昭和二十一年七月十二日の復員以来、印緬の戦野に従容《しょうよう》として散華され、永きにわたってその恨を止めることとなった多くの戦友の御遺骨を、祖国にお迎えすることを責務として念願しておりました。

昭和四十八年七月、全国に点在する六十七の戦友会が大同団結し「全ビルマ戦友団体連絡協議会」を発足し、日本政府に対する交渉団体となりました。

そして一年有余の時を募金活動、資料整理、団員教育にあて、収骨団派遣の準備を整えました。

印度、ビルマ方面（厚生省に推挙され参加）

3．遺骨収集

一輪の花をたむける人もなし戦友が眠る千丈の谷

印緬の山果てなくも戦友の遺骨拾ふと今ぞ我が行く

遥《はる》かなる聖地の奉仕重ければ誓いて集ふ靖国の庭

印緬の山ふところに抱かれて眠る戦士の寒さ偲ばん

3．遺骨収集

ほの暗き樹海に残る英霊に再会約し発つ日悲しき

戦勝の祖国の栄念じつ、山根に眠る御霊の安かれ

3．遺骨収集

傷病の戦友《とも》が歩みし山肌に真紅に燃ゆるしやくなげの花

印緬の雨季のはしりか俄雨《にわかあめ》樹海をたゝく音の激しさ

英霊の仮寝の宿の密林にタマガの花の香ほのかに

山間《やまあい》に自爆の音のこだまする雨音激し往時偲ばん

夏虫の鳴き声聞きて思い出す渡河点に伏す傷病の群

よく来たと語りし戦友は夢の中さめて窓辺に残月淡し

とつ国の岩根に草むす英霊の変れる姿涙あふる、

四

下町描写

赤とんぼ秋空方々雲の群

朝夕の寒さ感じる秋気配

秋空に飛行機雲が西に飛ぶ

戦友の訃報悲しや秋深し

秋空に飛び交ふ鳥の群高し

飛行機の雲たなびかせ西に飛ぶ

朝夕の寒さ身にしむ我が齢《よわい》

結婚を祝ふか今日の秋日和

豊作の稲穂波打つ秋日和

戦友《とも》逝きて追想つきぬ秋の夜半

人生の試練続くか九十坂

五

ミャンマー

雨季の山雲たなびきて雨の音

六ケ月毎日雨、六ケ月で雨量七〇〇〇ミリ印緬国境。

雨季近しチーク葉屋根の緑濃し

チーク材の葉で屋根を張り雨除とする。六ケ月の雨季だけ。

星空を見ながらかける毛布かな

乾季は絶対に雨は降らないので星空見て寝る。

屋根落ちて月を眺めて夢心地

高床式、竹のあばら家で月を見ながら寝るのどかさ。

ミャンマの日射は強く水ぬるむ

乾期三ケ月の気温、屋外は三月の気温四十八度~五十度。三月は真夏。

朝まだき托鉢僧の列長し

大人僧子人僧合せて五十人位、部落に托鉢に来る。草履を脱いで礼をして御供物を上げる朝の行事。

故郷を偲んで仰ぐ月蒼し

星月夜日本では見られない夜の美観、見せてあげたい。

印緬の山果しなく雨の日々

印度とミャンマーの国境、雨季降雨量七〇〇〇ミリ、大慌《おおあわ》て、河川工事はない。

月冴えて故郷偲ぶ尺八の音

乾期月夜に日本を偲びながら尺八を楽しむ日本兵。この人はインパール作戦で鬼籍。可愛想な死に方だった。

マラリアの熱にうかされ母を呼ぶ

マラリア熱病、高熱に苦しみながらお母さんを呼んでいた。

母の愛海よりも深く山よりも高し

鬼籍に入る人全部、お母さんを呼んで逝きます。お母さんの愛はすばらしい。

村はずれ佛塔の鈴風に聞く

どんな田舎の部落にも佛塔（パゴダ）があり、朝晩礼拝をして居ます。

雨上り故郷偲ぶ蝉《せみ》しぐれ

雨の合間ジーという蝉の鳴き声が耳に響いて懐かしい。

ジャングルで小川の出来る雨の量

集中豪雨。豪雨で小川が出来る（一時的）。

一年に三度もとれる米の国

熱帯性、雨量共に適性で米の収穫に適している。

今宵又椰子《し》葉蔭の十字星

月夜の晩、椰子の葉の間にキラキラ輝く十字星はきれいだ。

戦友《とも》は逝く言葉も告げず一人旅

栄養失調、食えずに鬼籍した戦友は無言だった。

残されし我悲しみの一人旅

一人ぼっちで異境の村人プレゼントで生き抜いた。パラシュートの生地をプレゼントした（シャツ・エンジの切地）。

潮騒が故国を偲ぶ子守唄

伊豆の海を想い出し懐かしく子守唄の様だ。

半世紀過ぎても残る絆かな

五十年以上過ぎてもビルマ人はあたたかく迎えてくれた。

御佛に護られて生きるビルマ人

働いては御佛の礼拝供養、一生働いては献金して人生を終る。

からゆきさんデング熱で鬼籍入り

十八才の女性人身売買でヤンゴンに来たが、一人ヤンゴンで死んだ。

五十度の熱暑に耐えたからゆきさん

四十八度から五十度もある気温に堪えたからゆきさんも居た。

からゆきさんヤンゴン墓地の花となる

勤めを終えたからゆきさん、結婚もしないでヤンゴンの花となる。

身を買はれ異国に生きたからゆきさん

一世紀位前の日本の経済状態の悪化のしわ寄せが女性にあった。

十八才の命《いのち》短しからゆきさん

十八才の可愛い娘さん、熱風と病魔の犠牲になった。

その昔ヤンゴンに医者が居た

昔ヤンゴンの目抜通りに早川医院がありました。ヤンゴン市民の助け舟として信望厚くヤンゴン市民に親しまれていたそうです。

飛ぶ鳥も落ちる様な暑さかな

二月の末から三月、四月猛暑。四十八度～五十度暑い日が続く。

月あかり椰子の葉蔭の十字星

洸々と月あかりと十字星のきらめきが美しい。

ミャンマの想い出遠し蟬《せみ》しぐれ

半世紀以上前のビルマの生活が思い出され懐かしい。

メマ《女の子》可愛い日本のメマ《女の子》を想い出す

可愛いビルマの女の子、日本の女の子可愛いです。

からゆきさん眠るヤンゴン草いきれ

気温四十八度草いきれの墓地に眠るからゆきさん。

レーミヤン《戦闘機（飛行機）》と叫ぶ子と壕に入る

戦争中ビルマの子供に飛行機だ、教えられ壕に入った。

レーミャン《戦闘機（飛行機）》銃撃の村焼野原

戦闘機の銃撃で村は焼野原子供は泣いていた。

テチンソーレ唄（踊）母親自慢子は踊る

子供の歌、踊り。母が自慢で子供を踊らせていた。

メンカレー《女の子》唄声高し夜が更ける

女の子を夜の更けるの忘れ踊らせている。

メマ《貴女》フラーレ《綺麗》喜び顔《かお》に涙ぐむ

貴女綺麗ですねと言ったら涙ぐんで駈けていった。

イエチョウレー《水浴》足《あし》を見せずロンジ《スカート》脱《ぬ》ぐ

水浴の終りに肌を見せず着換えする特技あり。

果物の名

ドリアンの臭風に乗り飛んで行く

独特な果物臭のドリアンの臭が風向きで飛んで行く。

マンゴスチン甘味うるわし後をひく

果物の王マンゴスチンの甘さはうるわしい。

ヘン《おかず》カウネ《うまい》老婆喜ぶ味自慢

モヘンガ《ビーフンラーメン》の味がうまいと云った。お婆ちゃん喜んだ。

モーヤレ《雨季(雨)》六ケ月は雨やどり

雨季（六ケ月）乾期（六ケ月）、雨季三月末から九月初旬。

風そよぐバナナ畑に子等の声

そよ風吹く涼しいバナナ畑で子供達が遊んでいる。

灼熱の野原草食《は》む牛の群

気温四十八度～五十度の野原で牛の群の食事中。

立秋の名ばかりの猛暑かな

ミャンマーには立秋なんて言葉はなかった。

五十度の気温に堪えた日本兵

酷暑の六ケ月戦闘は続く。ビルマ中央大平原の日本軍。

マスタ来たと喜ぶ老婆涙あり

戦闘で暫《しばら》く別れていたが、再会出来て泣いてしまった、私も。

東京を見たいとせがむ老婆あり

私も日本行きたい、東京を見たいとせがまれた。

放牧の鈴の音《ね》近し子等の声

放牧の牛の群をまとめて歩く子供達の声。

ドリアンの香り過ぎ行き風香る

ドリアン畑を風が吹き通り香を残して行く。

よくぞ来た戦友再会果す任

残留日本兵を救う会員として来緬したが、会えなかった。終戦時は七〇〇～七八〇名残留が居たそうだ。資料もあった。

朝もやに包まれながら托鉢僧

朝六時頃村の朝もやに包まれて僧達の列が続く。

履物を脱《ぬ》いで礼する托鈴礼

草履を脱いで礼して供物を上げる。

モヘンガ《ビーフンソバ》の味カウネ《ウマイ》と言ふ老婆

ミャンマー来客用代表的食料品。来客用もてなし用食品。

大空に金色の塔世界一

シュエダゴンパゴダ純金箔の塔は世界一。

日本兵祖国を棄て異境住む

生れた国日本を棄ててミャンマー町、田舎、山地に暮す元日本兵。七百人か八百人残留した。戦場離脱、逃亡、それぞれの理由のため。

宿命か異境に生きた東大卒

東大卒の将校（陸軍中尉）インパール作戦戦況悪化に依る転進中発病（マラリア）、山岳民族に助けられ部隊復帰出来なかった。

シュエダゴンパゴダヤンゴンの空に建つ

ビルマ族は一生働いて得た金をパゴダにはる金箔を買って町や村のパゴダに張り付ける。シュエダゴンパゴダにも張る事が出来る。一生働いた金を仏様に奉納する慣習がある。

村外れ白いパゴダの鈴がなる

農村の村外れの白いパゴダの鈴が夕風になっていた。村外れには必ずパゴダがある。

メマ《娘(女)》チヨウ《綺麗》レーマス《貴男》タカウネ《いい男(よい)》と走り去る

シピトン《戦争》ガ何時終るのか老婆聞く

エンジーロンジー《ブラウススカート》着飾るメマー《娘》のうれし顔

マスター《貴男》メマー《奥さん(女)》カレー《子供》シデラ《居ますか(ある)》と聞く老婆

六

捕虜収容所

ワークショップ

一、自動車整備　工場内労働　自動修理
二、大工作業　補修工事
三、家具　机　箱物　特製キャビネット
四、ペインター　外装　機械部品
五、特別ルーム　女性裸体画オンリーケント中尉要望
六、屋外労働　砂利運搬　波止場荷揚　グルカ兵兵舎作り　道路工事　庵体壕こわし
　　　　　　トイレの穴掘り　飛行場草むしり　ダム工事

敗戦国兵士は戦勝国の命令で労役に服する事になっているらしい。くわしくは解らない。

三十ヘクタール広大なゴム林の中に簡易住宅。

竹、テツケのあばら家、元日本兵キャンプをいう。

毎朝、点呼、食事、労役で一日が終る。

労役にはエンジニア、大工、塗装、家具製作、縫製、ペインター、画家、人夫、波止場の荷揚、砂利運搬、雑用飛行場、鉄道、飛行場雑用、土工、各種多用。

ワークショップ労働者、エンジニア関係、縫製工はプレゼントがある。

技術のない捕虜労働者は肉体労働が多く疲労ばかり。

捕虜収容所ブラックキャット

ブラックキャット　黒猫部隊　インド人部隊
日本軍と戦った歩兵機械化部隊
一応名の通った部隊だが、あまりよく解らない。
装備は全部アメリカ、衣類、兵器、車輌、備品、オールアメリカ製品。
モールメン地区警備隊

日本兵管理者　ケント中尉

酒保の棚煙草酒類総揃い

ウイスキー、ブランディ、ワイン、ソーダ水、煙草。煙草だけイングランド製、
あとは全部ＵＳＡ。

ブラックキャットはＵＳＡ

アメリカ装備のイギリス軍総てがＵＳＡ。

イギリスは何もなくても戦勝国

全部ＵＳＡ装備、衣服、食糧までＵＳＡ。

モールメンイギリス軍が大もてだ

戦勝国イギリス軍人大もて。日本人そっぽ向かれた。淋しいね、くやしいね。

日本兵パンツ一つで大奮闘

着る物が少ない。将来にそなえてパンツ一つで重労働。

砂利運搬流れる汗は止らない

炎天下汗と塩が止らない。

日蔭無く道路工事で倒れ行く

炎天下水分不足で倒れ死んだ。可愛想だった。

印度兵捕虜監視で何処へ行く

炎天下何処か涼しい所へさぼりに行った。

モールメンブラックキャット大歓迎

ブラックキャット部隊、印度兵混み、毎日町は賑わいを見せていた。

捕虜の名は仮名にせよとアドバイス

捕虜取調官アメリカ軍、日本人二世取調中すぐ出る。アメリカ兵のアドバイス、仮名にしなさい、取調は何回もあるから。

捕虜になり炊事係で一安心

日本軍では食料がなくて困ったから炊事係を希望した。

捕虜の名は菊池金一と名乗りたり

一番早く言える名前菊池金一、小説家と知人の名前付けた。すぐ言える名前をつけた。本当は小島武夫さんでした。

捕虜達規律を守り生きていた

将校、下士官、兵と階級は守られて、捕虜生活一年六ケ月続いた。

衣食住USAで賄われ

衣食住すべてがアメリカ製品、イギリス製はタバコ位か。

日本機の空襲もない天国だ

一番恐ろしい空襲が一回もなく天国だった。

イギリスの勝利目前日本負け

物量と兵器の差では問題にならない。明治三十八年の鉄砲と自動小銃では勝てない。飛行機もない。大和魂だけでは勝てない。

捕虜キャンプアメリカ二世厚意見せ

日本兵捕虜を親切に面倒見てくれた。サンキュウサー。

インパール落ちなかったが我帰る

恥ずかしい国賊と汚名を着たが、帰れてうれしい。

捕虜になり汚名はあるが宿命だ

捕虜になった動機、状況の説明は無かった。

足撃たれ戦友《とも》帰らぬ人となる

足を撃たれ山岳《さんがく》民族に助けられ、二年かかって足は治ったが、日本軍はいなかった。

残留兵かくれて生きて一世紀

戦場離脱、逃亡、反政府運動、残留元日本兵一千五百名。祖国を棄て、今も南方地域に生きている。

今もなお歓呼の声が耳にある

祖国を棄てた残留兵、父母兄弟友人に送られた過去の思い出。

残留兵祖国を棄て、生きた国

暑い国ミャンマー、一世紀近く祖国を棄《す》てた動機は何だったのか。今は可愛い孫に囲まれて生きていた。

戦闘の激しさ忘れ生きる道

テグノパールの戦闘は激戦だった。日本軍は敗けていた。武藤正文上等兵足をやられて帰って来なかった。残留兵となった。

賑わった捕虜収容所空になる

日本敗戦で捕虜護送で空になった。

捕虜解放全員日本の土を踏む

昭和二十一年七月五日捕虜解放、兵役解除。

ミンレー《馬車》の上からセレー《煙草》落し行く

御寺のお参りの帰り道、道路工事をしている日本の捕虜達にビルマ煙草のプレゼント。道路にはビルマ人のプレゼントの煙草が一ぱい。涙が出た。

捕虜の身に愛を手向けるビルマ人

戦争で迷惑掛けたのに日本の捕虜を助けてくれた。ありがとう、ビルマの人達。

国際法捕虜の待《たい》遇《ぐう》0だった

国際法では戦勝国は捕虜の労役費（日当）を支払う事になっていると聞いたが、英国は支払はなかった。

炎天下波止場の荷揚げきつかった

コンクリートの照り返し、最高の気温、捕虜はつらかった。木材の荷揚げつらかった、汗みどろ。

グルカ兵宿舎作りを喜ばれ

印度のグルカ兵の宿舎（竹の宿舎）すき間だらけで涼風が通り住み易い。

豊満な女性の裸体画けと言ふ

イギリス軍の将校の命令。画家一名、絵の上手な人二名、女性の裸体専門に十ケ月毎日画かされ、その数は数十枚。英軍将校女性の裸体画大好きです。

イン《印》度兵ロテープレゼンサンキュウサー

ワークショップの印度兵がロテー（日本どんどん焼みたいでバタチーズがたくさん入っていておいしかった）のプレゼント。

復員のデマが飛び交ふ床の中

就寝前復員船シンガポールに居るとか、ラングンに居るとか、日本向を出たスマトラに船は居るとか、デマが飛んでいた。不安な捕虜は動揺していた。

飯分配多い少ない喧嘩《ケンカ》ごし

飯の分け方が悪いとやり直しさせられた。あさましいが、これが人間の本性のあらわれだ。

一本の煙草の臭い室一ぱい

たった一本のイギリスの煙草の臭、室に充満。いい臭いだった。吸《す》っているのは誰だ、誰かが言った。

武装解除ユニオンジャックにグルカ兵

ゴム林の中グルカ兵にかこまれて実弾装備、ユニオンジャック大きい旗、イギリス将校三名、武装解除は三十分だった。

恋人を探すビルマのメマ《女》が居た

捕虜収容の近所は来たが、インド兵が居るので入れない。日本の兵隊さん会いたいが会えない、宿命か？

爆撃機タイ飛行場へ飛んで行く

日本のたった一機の爆撃機モールメン飛行場にあった。その一機は見送る人もなくバンコック飛行場へ飛んだ。最後の日本の爆撃機。

イギリスの食事横眼に我淋し

捕虜食イギリス軍隊はアメリカ給与、雲泥の差淋しいね。

裸体画の好きなケントは今何処に

若い紅顔のケント中尉、裸体画が好きだったそうだ、会いたいね。

モールメン捕虜生活が忘られぬ

綺麗な町並、やさしいビルマ人、モン族、インド人、カチン族、チン族、やさしさに溢れた町、もう一度行きたい。

無能者は砂利運搬で汗流す

私は何の技術も持たないので一般労働者として砂利運搬、汗みどろ。

エンジニアワークショップで大もてだ

技術のある人はワークショップで作業、重宝がられた。私は無職。

ダム工事ダイナマイトの穴を掘る

パンジャップの印度人の准尉（将校）が、私達の食事を見て可愛想に思ったか、毎日五キロ位の米をくれた。イギリスのキャプテンに見つからない様炊いて食べなさいと。涙が流れた。今会って御礼を言いたい。

格納庫こわしで一人鬼籍入り

格納庫（機関車）十七メートルの高さから線路上落下。五時間後死亡。奥さん子供が可愛想です。

戦友の煙草のサービスうまかった

戦友がワークショップで貰って来た煙草。外の人に内緒でくれた。二人で暗いキャンプの大木の下で御馳走になった。戦友よありがとう。今は戦友いない。

草むしり飛行場は暑かった

気温四十九度の飛行場、たいした草もないのに飛行場を這《は》っていた。

二米の穴を掘るのが一苦労

イギリス兵のトイレ幅八十センチ、深さ二メートル。土が堅くて掘るのは一苦労だった。これも捕虜の労役の一つ。

灼熱の波止場の荷揚げ目が廻る

気温四十九度、波止場は暑い。倒れてなるものかとがんばった。

演芸会女形の演技がうまかった

三年兵の女形が演技が上手だった。見物していた印度兵が今の女性に会せてくれとしつこくせまられた。あの女は男だ、兵隊だと言っても、どうしても会いたいとねばられ困ったが、あきらめて帰って行った。

昨日迄チャパンマスター今日知らぬ顔

昨日迄ジャパンマスターと呼んでくれたが、今日は知らぬ顔。

マルタバン部隊の室は今はない

マルタバン最後の爆撃で今はない。終戦七日前の事だった。

火えん樹の花はらはらと散る川辺

川辺の火焔樹の花が淋しげに散っていた。

復員船モールメンに何時来るの

復員船来るデマ毎日飛んでいるが来ない。

捕虜の日が十ケ月目で疲れ出る

毎日休まず就労、食も悪く疲れが出た。

マスタと声かけられた淋し顔

日本兵の恋人を探すビルマ女性の淋しさ、可愛そう。

捕虜の身が何時迄続くかわからない

復員船は来ない。来るのはデマ情報だけ。

軍事教育民主政治が不透明

戦前教育と差があり過ぎて解らない事が多かった。

復員の夢を追いつ、十ケ月

労役に服して十ケ月、捕虜収容所生活終る。復員船が来た。忘られぬ昭和二十一年六月二十三日だった。快晴、暑かった。アメリカ軍リバティ型軍艦十八昼夜の航海、十七時モールメン出港。

七

愛妻

春の夜妻の面影窓の月

今朝もまた会いたさ募る朝の膳

膝痛み杖が頼《たより》の有難さ

幾何もない余命悩みあり

今日また友の便りを待ちぼうけ

また妻の想い出つのる秋の夜半

老の身を案じながらの朝の膳

幾何もない我が命悩み多し

無き戦友《とも》の青春時代を想い出す

涙落つ父母に足りない愛の数

涙の数は愛の数だった。

親不孝親孝行も知らぬ子等

親子の愛情や親子の絆を知らない子。

親の愛忘れた子等に愛は無い

親子の愛情の無い子には親の愛はなくなった。

親の愛返す術《すべ》無し阿呆者

親の愛情報ゆる事のできない子供。

妻病みて早や二年の夏来る

医師の手術後、十日も経てば言語障害は治りますと言ってくれた。その言葉は今も忘れません。妻は二年六ケ月経過致しました。妻は治りません。あの医者は医師免許があったのでしょうか。

病む妻に心配ないと女の言ふ

病状を話したら心配しないでと言ってくれた。

今日もまた間違い起こすか老の身が

昨日もつまずいて転んだ。今日は気を付けよう。

過ぎし日の妻の仕草が夢の中

元気だった時の仕草が夢の中で私を慰める。

我が命妻に捧げん思ふ日々

気持は充分あるが、思うようにならないもどかしさ。

次々と想ひ出浮ぶ床の中

ありし日の妻との想い出が枕をぬらす。

病む妻の笑顔ほしさの見舞かな

妻の笑顔が見たい一心で病院へ行くが笑顔はない。

病む妻の握りし掌《て》のあたたかさ

おばあちゃん握手と言って握った手は温かかった。

今日もまた妻を想いつ涙する

なんとなく想い出して涙しちゃった。

過ぎし日の楽しき想い出つのる夜

妻と旅行した想い出の場所がテレビで放送される。二人の想い出。

妻の手のぬくもり感じ涙する

なんとなく握った手のあたたかさ、また想い出浮ぶ。

やさしさと共に歩んだ過ぎし日々

妻はやさしかった。私にはもったいない人格の持主です。

今日こそと話かけても言葉無し

今日こそ話ができるか話したいと思っても駄目だった。

しっかりと頑張る妻のたくましさ

悪条件の重なる病状なのに頑張る妻が愛しい。愛しているよ。

病む妻の気分を探る朝の膳

朝食の膳に向いながらも心配がつのる。

八

復員船

復員

昭和二十一年七月十二日
午後十二時三十分我が家到着
五年十ケ月軍隊生活を終る

復員船船員達が大威張り

何なのか船員が帰還兵をどなっていた。

海水の味噌汁まずい復員船

海水に大根葉の味噌汁まずかった。あんなもの呑ませていばるな、ばかな日本人。

船倉で階級無視の大喧嘩

原因は解らないが帰還兵同士大げんか。

配給日待ちこがれる今日の日を

物資がないので配給日が待ち遠しい。アメリカ給与最高。

雨あがり帰還兵が門に立つ

三年十ケ月振り、うれしさにただ呆然。母の出迎え涙がこみあげた。

お帰りと母の声かすれ涙ぐむ

お帰りと言はない。帰ったかーと言って笑顔を見せた。母もうれしかったのでしょう。

敗戦のつきぬ話で夜が更ける

汗臭い体のまま風呂も忘れて話し込んだ。母に入るよう言われ風呂に入った。

指揮官の欲望次第で兵は死ぬ

馬鹿で無能な欲望激しい指揮官は兵隊を殺す。

物量と兵器で負けた日本軍

金持と貧乏人の戦争、日本なんか勝てるわけがない。

今宵また敵陣の灯煌々と

日本軍には飛行機がないので夜半迄も灯が煌々と。

復員船十八昼夜の旅終る

ビルマモールメンから十八昼夜の航海で大竹港に着いた。

帰還兵ＤＤＴで真白け

上陸後消毒ＤＤＴ散布。

駅前で我が子の帰りを待つ老婆

『岩壁の母』と同じ心境、駅のベンチで帰還兵を見ていた。

復員の手当支給参百円

家に帰ったら百円残っていた。駅弁みたいないもパン、皆まずかったが、みんな食べた。

戦友《とも》残し去り行くビルマ気は重し

戦友をビルマの戦場に残し日本へ帰る自分が心苦しい。戦友よ、許してくれと心の中で謝りました。

労役の疲れが出たか血を吐いた

体調の変化ひどく血を吐いたが、元気だった。

日本に上陸出来て役終る

陸軍技術軍曹の任務は終り民間人となる。七月十日曹長に進級したが辞退した（ポツダム曹長）。

戦友に配給米をプレゼント

復員局からの配給米を都会の人にプレゼント。田舎には米があると思ってプレゼントしたら田舎も米がなかった。

栄養失調六ケ月元通り

六ケ月強力カルシウム注射で体力がついてきた。ほかに薬がなかった。

戦地ぼけ西も東も解らない

民主主義、行政、生活のあり方も解らなかった。馬鹿者になった。

学友も特攻隊で若く散る

中央大学卒海軍航空中尉殉じて海軍少佐となる。

愛し子の音信さぐる母の愛

終戦で音信が途絶えた我が子の安否をさぐる母の心境。なかなか安否をつかめなかった人が多かった。

九
メイクテーラ戦

メイクテーラ戦

日本軍は要衝メイクテーラに向け突進したが、機械化されたイギリス軍の進撃速度は日本軍の想像を超えていた。

日本軍はメイクテーラの奪回を図ろうと、肉弾攻撃と夜襲をくり返したものの充分な対戦車装備をもたない日本軍は一方的打撃を被った。

敵戦車（M3軽）二〇〇メチラ平原猛進撃

最前線後方二〇〇粁後方メチラ平原に突入進撃した。

メチラ飛行場飛行機なしの大草原

メチラ飛行機も無く兵力は留守部隊と病院だけ。

参謀も作戦立たず逃避行

独歩患者と兵站の兵で兵力として皆無に等しい、全滅した。

司令官一番機でモールメン

軍司令官一番早くモールメンへ逃げて行った。

司令官無しの作戦全滅す

司令官参謀能力発揮出来ずいたる所全滅した。

橋無くて二〇〇車輌丸焼だ

十五メートル二十メートル橋が落とされ逃げて来た日本軍車輌が焼かれた。

慰安婦が軍票（日本円）巻いて歩いてた

稼いだお金（軍票）を腹に巻き歩いていた。一千万円位との事。

軍票を棄てながら歩く慰安婦

軍票が多く歩くのに不自由になり棄てていた。価値もないから。

慰安婦の面倒見ない関係者

誰も面倒見てくれないので単独行動、死んだ人もいた。

シッタンの渡河点渡り一安心

シッタン川を渡れば敵の進撃も遅くなり一応安全安心した。

オンサンの寝返りで敗色濃し

スーチ女史のお父さん日本の敗戦続きを見て寝返り抗戦した。

ビルマ軍日本軍に抗戦す

日本軍の敗戦を見てビルマ軍が敵となり抗戦した。

敗戦を知らせる伝単街に飛ぶ

敵機が低空に飛んで伝単を落していた（モールメン）。

敗戦の汚名知らせたモールメン

モールメンの市内は敗戦一色となる。

日本軍全面降伏安んじて次の指令を待《ま》て
聯合軍

墨の印刷で書かれてあった。上手な日本文字だった。

十

おじいちゃんの戦場の運命

過酷なインパール作戦の戦場から生きて帰られた理由とは

昭和十九年八月一日陸軍兵長伊藤定雄段列中隊の命令受領者を命ず。

鍛工班々長相原軍曹は伊藤兵長の命令受領者になる事を阻止したが、人事係曹長の命令に従わざるを得なかった。

他の班でも病兵が多く、命令受領者になる人は居なかった。

新兵で一番元気だった伊藤兵長が命令受領者となった。

相原軍曹の班も全員病兵で、元気な伊藤兵長が居なくなってからは毎日一人づつ鬼籍入となった。

相原軍曹以下全員鬼籍入となってしまったムータイク患者収容所は、収容出来ず屋外のチークの木を枕に死体が重なり合っていた。

昭和十九年八月二日の部隊命令は「独立連射砲第一大隊は次期作戦準備の為マンダレーに集結すべし」。

この命令が一回出ただけで後は命令は出なかった。

各中隊命令受領者は部隊長川道中佐と共にマンダレーに向って転進した。

伊藤兵長は病兵の看護の為三日遅れでマンダレー郊外のカタン部落に到着、部隊に合流、部隊長川道中佐に申告した。

昭和十九年十二月十七日編制替で独立速射砲第三十八中隊に転属、サゲイン最前戦でイギリス軍の進撃を阻止していた時弾薬受領の命令で後方三百粁ヤンゴンへ出張中、メークテーラへ二百輌敵戦車部隊進入大戦場となった。

警備隊長の命令で転進、マルタバン第三中隊に居た佐藤軍曹の命令でマルタバン警備中第三十八中隊がモールメンに居る事が判明、中隊復帰の申告をして合流した。

終戦後捕虜生活十ケ月労役に服し、昭和二十一年七月九日大竹港上陸、七月十一日召集解除、七月十二日我が家に帰宅した。

独立速射砲第一大隊（森第三八五〇部隊）
部隊長　陸軍中佐川道乙己（陸士第三十八期）
部隊編制　七百七十五名　戦没者六百八十八名、生存者八十七名
伊藤軍曹　同年兵　百二十七名　戦没者百十六名、生存者十一名
インパール作戦戦没者　四万六千余名
餓死者　四万余名

十一

そして、いま

戦友《とも》からの便とだえて過す日々

戦友が鬼籍して淋しい。

生きる為手の施し様之となし

生きて行く為の思考力乏しくなった。

老の身を鞭打ちながら送る日々

九十才になったが、若い心身で頑張っている。

百才を目標にして日々健康

百才迄生きたいとがんばっているおじいちゃんです。

誕生日九十才とは夢の様

改めて九十才になろうとは思わなかった。

父母の愛しみしみじみ感じた誕生日

父や母に深い愛情を感じた、ありがとう。

捨てられた八十九才忘られぬ

老人ホームに送り込まれた親子の絆は切れた。

今日の日が来るとは知らず信じてた

老人ホーム生活など考えてもいなかった。

父《ちち》母《はは》を偲んで泣いた夜半の月

寝れなかった。ふと月灯で涙がこぼれた。

父母達にもっと孝養したかった

自分の専業欲の忙しさにまぎれ出来なかった、御免。

十二 トンザン攻防戦激戦地の収骨

一月三十一日　晴

六時起床。昨日から「ウトンエン」が炊事を手伝ってくれる事になり大変楽になった。「ウトンエン」はトンザンの巡査長と聞いた。私のビルマ語がよく解ると言って何かと話かけてくる。今日私に自分の名前を命名した。副食は我々の手で作る事になったが、材料がないのには閉口した。また米質が悪いので餅米を1／2まぜて炊く事にしたが、あまり美味しくない。九時出発、トンザン西北方一哩山を下る事八〇〇米、道は遠まきに左右に曲折しあぜ道となる。雑草が覆いかぶさる巾二米位の小川に出た。二米位離れた雑草の下に埋葬地があった。此の小川の水と遮蔽地を選んで休息したが、再び頂上に登る事が出来ず倒れてしまったのだろう。三十年間も此のうす暗い雑草の中で眠っていたのだ。当時を偲びこみ上げるものを抑える事が出来なかった。収骨が終り再び頂上近くの道路に登る。燃える様な暑さにふき出る汗と息切れが激しく眼がくらみ時々休憩した。三十年前飯盒片手に四つづつ、両手に提げて、炊飯に戦闘に明け暮れしたパレル前線の山岳戦を思い出し、つくづく年令の差を感じた。トンザン南方七哩地点で鉄帽五、水筒二、飯盒一を収集した。午後トンザン北方十二哩地点に移動、日本軍陣地内で多数の御遺骨を収容した。道路沿いの左斜面に各個掩体の跡が点在し、其の周辺に所々砲爆撃の爆発穴が大きくあいて、戦闘の物凄さを残して居た。追撃する英印軍を此の陣地で抵抗し、友軍の反転を有利にした弓第二一五聯隊笹原部隊の激戦地である。笹原部隊はトンザンで敵に包囲され師団命令で聯隊はトンザンを死守すべしとの命令を受け、兵力僅か八十名、歩兵砲一門、大隊は長以下十名、中隊は名はあっても兵は無しのところもあった。激戦につぐ激戦で、将兵は反転する事が出来ず全滅寸前、笹原部隊長は壮烈な戦死を遂げられた。本日の収骨体数九十三体。

合掌

十三

トンザン道の収骨

一月二十八日、第五第四第三班はB地区隊長直接指揮に当り「カレワ」より舟艇を利用一路チンドウイン川を溯る事二百余粁「トンへ」「ホマリン」「シツタン」地区に向け出帆した。第二班は第一班と途中迄行動を共にし、「カンバット」地区の収骨作業に入る事になった。第三班は「テーデム」から単独行動をとり一月二十九日最初の収骨地「トンザン」に前進した。ビルマRTC派遣のトラック一台に団員六、通訳一、政府監視員二、警察官二、ビルマ国軍護衛兵五、計十七名の行動であった。「トンザン」はビルマ北西部の印緬国境に程近い険しい山岳地帯にあり、標高一四〇〇米でマニプール川を眼下に雄大な山景が幾重にも連らなり印度迄続いている。

山の中腹に百戸足らずのチン族の家屋が散在し長閑な佇まいを見せて居た。此所が有名なトンザン攻防戦の嘗ての戦場である。

「トンザン」周辺に眠る英霊二千五百八十二名の御遺骨を求めて燃える様な酷暑と闘いながら、南はマルダン川から、北は「トンザン」十四粁地点迄、広範囲に亘り連日四日間の作業を行い二百三十体の御遺骨を収容し「テーデム」に於いて第一班と合同慰霊祭を行い、二月四日次の収骨地「インダンギ」に向い、ベースキャンプ「カレミヨウ」に到着した。

次の収骨地区「タム」に前進した。「カレミヨウ」西北方一三四粁、印緬国境の町「タム」は宏大なジャングルを開拓し縦横に走る道路に町並を形成、人口一万余を数えて活気に溢れ三十年前の印象を悉く変えていた。

「タム」道は赤土で凹凸の激しい巾十米位の道で、「コンタ」附近からほぼ直線に近く「タム」に通じていた。終戦直後英国軍が建設したもので、当時の道路はジャングルの中に消え通行不能となっていた。新「タム」道もチークの大木が空をつく様にして両側に繁り、宏大なジャングルは果てしなく続いている。雨季には此の道も泥濘と洪水の為交通は杜絶し、孤立状態となる村落が多いと聞いた。四時間二十分一三四、四粁トラックの旅を終り、ほこりだらけで十六時二十分「タム」ゲストハウスに到着した。「タム」人民評議会と直ちに協議、十日間の収骨計画を作製、南は「ミンタミ」北は「ミヨジット」に至る百粁範囲と決定した。翌九日作業開始、人民評議会住民の惜しみない厚意と協力に依り成果を収め、四百十七体の御遺骨を収容する事が出来たのである。二月十六日人民評議会が指定した「ヘシン」村に於いて、盛大な慰霊祭を行い、タム地区の収骨業務のすべての任務を終る。私の三十年来の念願が由緒ある此の地「タム」で達成され、我が人生に最大の感動と限りない安らぎを与えてくれたのだった。

二月六日　晴

冷え冷えとしたカレミヨウの夜明けだ。時計は五時を差している。風邪の為か少し頭が重い。窓越に見るチン丘陵は峻険な姿を残月に黒く写し出し、薄雲が山肌にからみつく様に這いながら左に流れている。其所彼所に朝を告げる鶏の声と、のどかな牛の鳴き声が聞こえる静かなカレミヨウの朝だ。七時三十分出発。カレミヨウ西方十二粁、平坦な密林の中に七十戸足らずの農家が立ち並び村の入口には藁葺屋根の小学校とパゴダ、その左に菩提樹の大木があった。昭和十九年二月二十五日第三十三師団長柳田中将が極秘のインパール攻撃命令を各部隊に下達された所である。情報提供者コーマン、ウボーテイ、ウトチンの案内で南方一粁の第一〇五兵病跡の収骨現場に八時十分到着した。竹薮とチークの大木に覆われた現場は無風状態で蒸風呂の様な暑さで作業は予想以上に困難を極めた。五ケ所に分散して発掘作業を開始、変り果てた御遺骨に対面し素手で握りしめた感動にこみ上げるものを抑え切れなかった。十一時迄に百体近く収容する事が出来た。猛暑の作業は十六時に終了。収骨体数は二百十体となりその他、ボタン、歯、兵器の部品多数を収集した。村長宅にて御茶の接待を受けた。当時日本軍の為に迷惑損失を蒙ったインダンギー住民は昔を忘れ献身的に協力してくれて我々を感激させた。私は心からインダンギー住民各位の幸福を祈念して止まない。

タム地区パンタ、インダイ密林収骨作業

二月十日　晴

夜警の鐘の音で眼が醒める。時計は五時三十分を示していた。胃腸の調子が悪い。気分がすぐれないまま寝袋より這い出る。夜明前の月明りはモーレの山々を薄墨色に染め静かな佇まいを見せている。昨日班長にパンタの収骨作業を進言した。当時パンタには第一〇

五兵病、第三十三師野病、患収、患療があった。情報提供者ウ・タイエー、ウ・サンテー、ウ・チユウ、ウ・ゲモン、ウ・トシエンが来舎ウ・タイエーの案内で第一〇五兵病跡へ行く事に決定した。パンタはタム東方九哩地点に在り。病院跡はさらに西方一哩入ったジャングルの中で当時はインダイという村だったが、今はその村はない。八時三十分出発。私と木村班長はウイトックにて情報収集の為パンタで他の団員と別れた。途中第一班三瓶医師以下五名と会う。木村班長体の変調を訴え医師と共にタム宿舎へ帰舎。私は通訳、護衛兵、警察官と共にウイトックに向う。ウイトックはパンタ西北方十哩地点にあり田んぼに囲まれた五、六十戸の小さな農村である。評議会議長宅に案内され情報収集に当るが、二名の埋葬地があるだけと聞く。昭和十九年三月十七日の夜、我が軍の退路遮断を察知してか、敵は後退を始めウイトック西北方二粁地点で中井大尉の指揮する第一中隊と衝突した。中井大尉は猛烈なる攻撃を敢行敵を撃退したが、自らは壮烈な戦死を遂げられた。この地に眠る戦没者中井光治少佐以下二十三名となる。人民評議会にこの戦闘状況と戦没者数を説明したが、管轄地域外でもあり、また当時を知る人がいない事を理由に此の地点を訪れる事も許さなかった。後髪を引かれる思いでウイトックを後にしてパンタ収骨現場に帰り本隊に合流した。本日の収骨体数二百六十体、認識票二、水筒二、五銭銅貨四、衣類ボタン二〇、時計ケース一を収集。

トンザン山間《やまあい》に残る悲しくも美しい話

連日の豪雨と爆撃に補給路を絶たれた日本軍は諸般の状況も併せて悲憤の反転作戦となった。傷病に喘ぐ日本軍将兵の姿がトンザン部落に見えなくなった昭和十九年九月末頃、全身濡れねずみ、ボロボロのシャツ一枚でロンジーを腰にまきつけ、頭髪・ひげは延び放題のやせ細った幽霊の様な日本兵二名がビルマ人の軒先に立ち食物を所望した。当時二十三才の娘さんは吃驚して立ちすくんだが、快く日本兵を家の中に入れ、飯を炊いてもてなした。娘さんの厚意で古いものだが、衣類も取換え、二、三日滞在する事になった。一人の兵士は元気で食欲もあったが、も一人の兵士は食欲もなく三日目に寝込んでしまった。

元気な兵士は薬がないので、毎日炭を作り寝込んだ兵士に飲ませていたが日に十数回もトイレに行く様になった。アミーバ赤痢になったらしい。娘さんもチン族の腹痛薬を何回もすすめたが兵士は飲もうとしなかった。元気な兵士は一週間ばかり患者の看護をしていたが、突然テーデムに行くと言い残し雨の中を出て行った。娘さんは残された兵士に毎日お粥を作り手厚く看護していたが快方のきざしを見せず日に日に弱って遂に三十日目の明方死亡した。其の日の夕方三十日間の看護の疲れも忘れ、トンザンの山波の中腹にある段々畠の大木の横に、マニプール川を眺められる様にして埋葬してくれた。娘さんの案内で埋葬現場を確認し発掘作業をしたが、御遺骨は風化して、トンザンの土に還っていた。その彼女は現在五十三才、テーデムに住んでいた。

十四
和歌

印緬の雨季のはしりか俄雨
　樹海をたゝく音のはげしさ
（タムにて）

山間《やまあい》に自爆の音のこだまする
　雨音はげし往時偲ばん
（ミンタミ山系を見て）

夏虫の鳴き声聞きて思い出す
　渡河点に伏す傷病の群
（ポタユワ河畔にて）

ほの暗き樹海に残る英霊に
再会約し発つ日悲しき

（タムにて）

遥かなる聖地の奉仕重《おも》けれど
誓いて集《つど》ふ靖国の庭

（靖国神社にて）

印緬の山果てなくも戦友の
遺骨拾ふと今ぞ我が行く

（九段会館にて）

よく来たと語りし英霊《とも》は夢の中
さめて窓辺に残月淡し
（カレミヨウゲストハウスにて）

傷病の戦友《とも》が歩みし山肌に
真紅に燃ゆるしゃくなげの花
（フォートホワイトにて）

印緬の山ふところに抱かれて
眠る戦士の寒さ偲ばん
（ケネデピーク八、八七〇フイトにて）

一輪の花もたむける人もなし
戦士が眠る千丈《せんじょう》の谷
（トンザンにて）

とつ国の岩根に草むす英霊の
変れる姿涙あふる、
（トンザントイトムにて）

戦勝の祖国の栄念じつ、
山根に眠る御霊安かれ
（トンザンにて）

英霊の仮寝《かりね》の宿の密林に
タマガの花の香りほのかに

（パンタにて）

著者紹介

伊藤定雄（いとうさだお）
一九二一年五月二〇日千葉県佐倉市で生まれた
中学生の時、母の従兄東京都江戸川区逆井二丁目七番地由井泰吉に預けられた

昭和一六年　満二〇才　徴兵検査第一乙種合格
昭和一七年　六月　一日　教育召集として近衛歩兵第四聯隊入隊
〃　〃　陸軍二等兵
〃　八月二九日　教育終了引続臨時召集
〃　九月一四日　独立速射砲第一大隊転属の為東京出発
〃　九月一五日　宇品港出帆
〃　一一月二一日　ラングン上陸
〃　一一月二五日　メークテーラ着部隊編入
〃　一二月三〇日　一等兵

昭和一八年　六月　一日　上等兵
〃　一二月　一日　兵長
昭和一九年　六月　一日　兵技伍長
〃　一二月一七日　独立速射砲第三八中隊転属
昭和二〇年　八月　一日　陸軍技術軍曹
〃　八月一五日　終戦モールメン
昭和二一年　六月二二日　帰還の為モールメン出帆
〃　七月　九日　大竹港上陸
〃　七月一一日　召集解除　兵籍簿下士官（臼井一部）二一四に依る
昭和二一年　七月一〇日　陸軍技術曹長の進級を辞退した
昭和二六年一一月　株式会社伊藤製作所設立　初代社長就任
昭和四九年　五月三〇日　退職
〃　六月　一日　株式会社伊藤製作所会長就任
平成一八年　一月三〇日　会長退職し現在に至る

九〇歳おじいちゃんの回想詩

2011年9月25日　初版発行

著者
伊藤定雄

発行・発売
創英社／三省堂書店

〒101-0051　東京都千代田区神田神保町1-1
Tel：03-3291-2295　Fax：03-3292-7687

制作／(株)新後閑

印刷／製本　(株)新後閑

ISBN978-4-88142-522-0 C0092